ÉPITRE

A

NICOLAS POUSSIN.

Par un jeune Peintre.
(Paul-Émile Détouches d'après Barbier)

> Profond dans l'art d'exposer sa pensée, majestueux dans
> l'ordonnance de la composition, varié dans le mode
> d'exécution, toujours vrai dans l'expression générale du
> sujet, et sévère observateur des convenances, philosophe,
> historien et poëte tour à tour, ce grand peintre sait tout à la
> fois émouvoir l'âme, intéresser l'esprit et satisfaire le goût.
>
> (*Dédicace de l'Œuvre du Poussin*, publié par
> C. P. LANDON.)

PARIS,

DE L'IMPRIMERIE DE J. G. DENTU,

RUE DES PETITS-AUGUSTINS, Nº 5 (ANCIEN HÔTEL DE PERSAN).

MDCCCXIX.

ÉPITRE

A

NICOLAS POUSSIN.

—

Toi, que la France aux Grecs oppose avec orgueil,
Toi, qui sus embrasser tout ton art d'un coup-d'œil,
Honneur de ton pays ! peintre sublime et sage,
Qui, toujours mieux senti, t'agrandis d'âge en âge,
Poëte ingénieux qui charmes tous mes sens,
Poussin, daigne répondre à mes faibles accens ;
A mon âme incertaine inspire l'énergie ;
Anime mes pinceaux de ta docte magie.
Je viens puiser en toi, dans tes nobles travaux,
L'heureuse invention, la poétique ivresse,
Les trésors du bon goût, l'admirable sagesse
Qui brillent tour à tour dans tes mâles tableaux.

Puis-je donc emprunter les pinceaux et la lyre ?
Dans quel excès d'orgueil un aveugle délire
M'entraîne malgré moi ! Quel travail, dans les arts,
De nos yeux satisfaits fixera les regards,
S'il n'est accompagné de l'élan du génie,
Et des justes accords d'une douce harmonie ?
A quel peintre, après toi, reste-t-il des couleurs ?
Qui pourra recréer la joie et les douleurs,
Le pâle abattement de la mélancolie,
Des enfans de Bacchus la bruyante folie,
Et d'un affreux bourreau la froide cruauté ?....
Tu nous peins à ton gré l'horreur et la beauté !

Inspiré par le ciel de la riche Italie,
Tes pinceaux ont fait naître un pays enchanté :
Des ruisseaux caressans baignent cette prairie ;
Dans ces sombres bosquets, la tendre rêverie
Vient épancher son cœur au sein d'un doux repos ;
La fraîcheur du printemps féconde ces coteaux ;
Et Zéphyre charmé sous l'empire de Flore,
Semble l'amant des fleurs que ta main fait éclore ;
Un air tranquille et pur, loin des noirs aquilons,

Exhale le bonheur dans ces rians vallons;
Et la terre partout, qu'un feu céleste épure,
Fait briller les trésors de sa jeune parure *.

Dans tes heureux tableaux, simple avec majesté,
L'art choisit la nature et n'a rien d'apprêté.
Chaque image embellit tes sites énergiques
D'épisodes savans et de traits poétiques
Qui vont parler à l'âme et l'instruire à la fois;
Tu sais rendre éloquent le silence des bois :
C'est Diogène errant loin du bruit de la ville;
Philosophe, il reçoit des leçons d'un berger;
Au bord de ce ruisseau, pour se désaltérer,
Sa main peut remplacer une coupe inutile.
Sur des monceaux épars, historiques débris
Des pompeux monumens que le temps a détruits,
C'est saint Jean écrivant le céleste Évangile **;

* *Credas ab illo pictas fluere undas, germinare terras, eventilari sylvas, ipsas vivere animantes, ædes urbesque habitari.........* (Vigneul de Marville, *Mélanges d'histoire et de littérature.*)

** Les peintres représentent ordinairement saint Jean dans un lieu

C'est un sage vieillard, à l'ombre des forêts,
Des beaux jours qu'il a vus consolant ses regrets;
Son bras a suspendu, sous cet épais feuillage,
Ses armes et sa lyre, amours de son bel âge.

Mais veux-tu dans notre âme imprimer la terreur:
Quel spectacle effrayant remplit ces lieux d'horreur!
Un jeune infortuné, qu'un noir serpent déchire....
Je vois son compagnon qui fuit épouvanté;
Sur la toile animée où la douleur respire,
J'entends son cri d'effroi par l'écho répété!

Par un doux changement, l'œil ici se repose:
Dans ce paisible bois qu'une onde pure arrose,
La timide beauté, sous ces rameaux fleuris,
Contre les feux du jour, solitaires abris,

aride, où rien ne montre la main des hommes ; le génie du Poussin
l'a placé sur les décombres d'une ville jadis opulente, devenue
l'asile d'une forêt. Tout ce que l'architecture en ruines peut offrir
de plus noble, se trouve allié, dans ce tableau, à la végétation
sauvage des arbres, dont l'aspect augmente, à l'horizon, l'étendue
du désert. Image éloquente de l'écrit du saint apôtre qui doit éclairer
une ère nouvelle, et survivre à sa destruction.

Montre de son beau corps la touchante élégance ;
Le tendre émail des fleurs qui bordent ces ruisseaux,
Une secrète ardeur invitent l'innocence
A tenter la fraîcheur de ces limpides eaux.

Plus loin, sur les trésors de la Mythologie,
Des plus vives couleurs tu verses la magie :
Sortant du sein des mers, par quels charmes nouveaux
Amphitrite à mes yeux vient régner sur les flots !
Les Tritons échappés de leurs grottes profondes,
Fêtent dans leurs transports la déesse des ondes,
Et près d'elle empressés, les plus jeunes Zéphyrs,
Des richesses de Flore ornent ses tresses blondes,
Qu'agitent mollement leurs amoureux soupirs.
Une écharpe d'azur s'élève sur son trône,
Et de ses plis mouvans la fraîcheur l'environne ;
L'Amour, en souriant, plane au milieu des airs,
Ce dieu domine encor sur l'empire des mers.

A chaque passion, par un choix toujours sage,
Ton pinceau fait parler un différent langage :
La jeune Rébecca reçoit avec pudeur,

Les bijoux précieux qu'un serviteur fidèle

Offre au nom d'un époux que son amour appèle ;

Et son chaste silence est l'aveu de son cœur.

Ses compagnes ont vu le bonheur que présage

D'une douce union ce riche et premier gage ;

Le désir, la surprise ont captivé leurs sens :

Une ardeur inquiète anime leur visage,

Et s'arrête à regret sur ces heureux présens.

Le sentiment se peint dans les traits séduisans

De ces tendres beautés que ton pinceau retrace,

Et leur expression augmente encor leur grâce.

Là, tu sais opposer, dans un contraste heureux,

Les paisibles vertus d'une sensible mère,

Aux impures amours de la femme adultère,

Et tu peins sagement son pardon généreux ;

Qui n'est exempt d'erreurs doit-il être sévère ?

Mais variant encor tes magiques tableaux,

Tu sais nous attendrir à l'aspect des tombeaux ;

Au milieu des douceurs d'une innocente vie,

J'aperçois le néant, dont sa course est suivie ;

A NICOLAS POUSSIN.

Le myrte des amans, les cyprès de la mort,
Qu'une invincible loi marie au même sort.
Ce berger amoureux , dans sa folâtre ivresse,
Près d'une tombe antique a conduit sa maîtresse ;
Mais leur ardeur s'arrête à cette inscription :
Et moi je fus aussi pasteur dans l'Arcadie *.
Aussitôt des amans l'âme s'est recueillie ;
Ils voient avec effroi cette austère leçon ,
Et leurs cœurs étonnés , de la mélancolie
En silence ont reçu la triste émotion.
Venez , faibles mortels, présomptueux fantômes ,
Cette image confond votre funeste orgueil ;
Demain, grandeurs, richesse, inutiles atômes ,
La mort enferme tout dans l'ombre d'un cercueil ,
Que n'obtient pas toujours la poussière des hommes !

Dans ta fécondité, puisant des traits nouveaux,
Des filles des Sabins tu nous offres les charmes
Qu'un criminel amour expose à des bourreaux :
L'effroi de la beauté, ses touchantes alarmes,

---

* Delille, *les Jardins,* ch. IV.

Rien ne peut arrêter les perfides Romains ;
La pudeur est en proie à leurs farouches mains,
Et leur brutale ardeur s'assouvit dans les larmes.

Tout à coup, oubliant ces scènes de douleurs,
Ta Muse en souriant se couronne de fleurs.
Elle peint les transports d'une égale tendresse,
Et des plaisirs trop courts la nonchalante ivresse.
L'Amour, content, repose en tes charmans tableaux,
Et pour peindre sa mère il guida tes pinceaux.
Dans ces lieux enchantés, la jeune Cythérée,
De l'aimable chasseur dont elle est adorée,
Console le repos par d'éternels plaisirs,
Et dans le bonheur même enchaîne ses désirs.

Modèle des vertus, tu transmets à l'histoire
Les lois de l'amitié, ses devoirs et sa gloire.
Le sage Eudamidas, aux portes de la mort,
De deux êtres chéris dicte en ces mots le sort :
« Je lègue à mes amis, mes seuls biens sur la terre,
« A l'un, le droit sacré d'avoir soin de ma mère,
« A l'autre, de ma fille effaçant les malheurs,

« Le droit de réparer les torts de ma misère,
« De pourvoir à sa dot..... de lui servir de père. »
Au sein de la vertu s'éteignent ses douleurs,
Eudamidas meurt pauvre ; il meurt, il est tranquille :
La vertu, l'indigence auront un sûr asile.

Parlerai-je d'Esther devant Assuérus ?
La beauté dans ses yeux plaît avec l'innocence,
Et d'un amant superbe augmentant les vertus,
Elle enrichit son roi du prix de la clémence.

Nommerai-je Pyrrhus, au milieu des soldats,
Arraché d'un berceau qu'entourait le trépas ?
Hercule et ses travaux, l'enfance de Moïse,
Les charmes de Léda par Jupiter surprise,
Les divins Sacremens, l'auguste Vérité,
Que le Temps fait briller à la postérité,
Du fier Coriolan la fatale entreprise,
Et sa mère apaisant son orgueil irrité ?

Dirai-je encor Saphire expiant son parjure ?
Le jeune Salomon qui confond l'imposture,

Le peuple juif errant au milieu du désert,
Et sous l'habit de femme Achille découvert?

Qui pourrait exprimer les diverses pensées
Que ton talent fertile a si bien retracées!
L'éloquence du cœur parle dans tes tableaux,
Et pour les reproduire il faudrait tes pinceaux.

Dans la vieillesse encor s'agrandit ton génie,
Et ton plus bel ouvrage a couronné ta vie :
Le naufrage du monde..... O vengeance! ô terreur!
L'univers s'engloutit dans cette nuit d'horreur;
La voix de l'Éternel a commandé l'orage.
Un nouvel Océan suspendu dans les airs,
S'échappe par torrens de l'immense nuage,
Et sur la terre en deuil étendant son ravage,
Mêle ses flots pressés aux vastes flots des mers.
Les villes, les forêts et les plaines fécondes,
Tout est enseveli sous l'abîme des ondes;
Quelques mortels encor, confusément épars,
A la cime des monts prolongeant leurs supplices,
De leurs derniers efforts attristent nos regards.

Tout se dissout ; la mort ouvre les précipices
Qu'ont creusés des humains l'arrogance et les vices ;
L'astre du jour s'éteint ; le monde est submergé ;
Dans l'ombre du néant, la nature mourante
Exhale les soupirs de sa voix expirante ;
L'univers va finir..... et le ciel est vengé !
A cet aspect cruel succède l'Espérance ;
Sur le mouvant abîme, immobile vaisseau,
L'Arche conserve en paix, pour un monde nouveau,
Les restes précieux de l'antique innocence.

O toi, dont l'âme pure enfanta ces tableaux,
Peintre trop généreux, fallait-il que l'envie
Versât ses noirs poisons sur le cours de ta vie !
Par l'amour seul des arts, guidé dans tes travaux,
Ton génie à grands pas mesura la carrière,
Et de la folle intrigue écartant la barrière,
T'éleva sans orgueil sur tes pâles rivaux.
Un long et noir orage obscurcit ta jeunesse ;
A peine quelques fleurs ont paré ta vieillesse :
Sur le chemin de Rome, objet de tous tes vœux,
La misère trompa tes désirs généreux

Trois fois : mais rien ne put arrêter ton génie,
Le malheur, de ton âme affermit l'énergie,
La fortune céda sous ton constant effort.
O Poussin ! comme toi l'on doit braver le sort ;
C'est de toi qu'on apprend à vaincre l'indigence,
A préférer l'étude à l'oisive opulence,
A trouver dans les arts ses plus dignes appuis.

Abandonnant la haine à ses vils ennemis,
Celui qui sait nourrir dans sa brûlante veine,
Par ses travaux constans un projet glorieux,
Bénira ses efforts aux jours victorieux ;
Un éclair de triomphe effacera sa peine,
Et le succès doit seul répondre aux envieux.

F I N.